Merhaba! Ceylan Cancan'ın dünyasına hoş geldin. Bu kitapta arkadaşlık hakkında bir hadis-i şerif öğrenecek ve eğlenceli bir masal okuyacaksın.

# Ceylan Cancan

**Danışman:** Prof. Dr. Mehmet Emin Ay

**Yazan:** Nefise Atçakarlar

**Resimleyen:** Ercan Polat

**Yayın Yönetmeni:** Savaş Özdemir

**Kapak ve İç Tasarım:** Sefer Koçan

**Bu Kitabın İlk Okurları:**
Mehmet Akif Atasoy -Elif Sare Atasoy

ISBN· 978-605-08-2008-9

9 786050 820089

**Baskı ve Cilt:** Çağlayan Basım
Sarnıç Yolu Üzeri No:7 Gaziemir / İzmir
Tel: (0232) 274 22 15
**Sertifika No:** 113

**Şubat/2019**

TİMAŞ ÇOCUK

**Timaş Basım Ticaret ve**

Cağaloğlu, Alemdar Mah. Alay Köşkü Cad. No:5 Fatih/İstanbul
Kültür Bakanlığı Yayıncılık Sertifika No:12364
Tel: (0212) 511 24 24 (pbx)

timascocuk.com • timascocuk@timas.com.tr


**iyi ki kitaplarım var...**

"Kişi arkadaşının yolundadır. O halde sizden her biriniz arkadaş edineceği kimseye iyi dikkat etsin."

**Hadis-i Şerif**

Hadis-i Şerif: Peygamberimizin, insanlara doğru, güzel ve yararlı şeyleri yapmaları konusunda yönlendirici, bilgilendirici ve uyarıcı sözleridir.

Peygamber, insanlara dinlerini öğretmek için Allah tarafından gönderilen üstün özelliklere ve güzel ahlaka sahip kimsedir. Bizim Peygamberimiz, Hazreti Muhammed(sallallahu aleyhi ve sellem)'dir.

# CEYLAN CANCAN

Bir zamanlar ormanda sevimli mi sevimli bir ceylan yavrusu yaşıyormuş. Annesi Ahu'nun biriciği olan bu güzel ceylan yavrusunun adı Cancan'mış.

Cancan, sabahları yuvayı temizleyip toplamak için annesine yardım ediyor, sonra arkadaşlarıyla oynamaya çıkıyormuş.

Cıvıl cıvıl kuşlar, şırıl şırıl ırmaklar, mırıl mırıl kediler, kıpır kıpır sincaplar arasında hoplayıp zıplamak, ormanda arkadaşlarıyla oyun oynamak Cancan için büyük bir eğlenceymiş.

Cancan, bir gün arkadaşı Ceren'le saklambaç oynuyormuş. İrice kayanın, altın renkli saman yığınlarının, ağaçların arkasına saklanmışlar. Bazen Cancan, bazen de Ceren ebe olmuş. Sonra da yakalamaca oynamaya başlamışlar.

Ormanda koştururken çok güzel bir çiftlik evine rast gelmişler.

Cancan,

— Hayatımda böyle güzel bir ev görmedim. Rengarenk karanfiller, sümbüller, laleler, nergisler ne kadar güzel görünüyor, demiş.

Ceren,

— Hmm, çiçekler mis gibi kokuyor. Şu çitten içeri atlamak ve onlardan yemek istiyorum, demiş.

Cancan hemen onu durdurup,

— Ne yapıyorsun! Çiftlikteki çiçeklere dokunamayız. Sahipleri izin vermezler. Hem ormanda yiyecek ne çok bitki var, hadi gidelim, demiş.

Ceren, Cancan'a aldırmamış,

— Hayır, birazcık çiçek yiyip hemen dışarı çıkacağım, demiş.

Çiçeklerin güzelliğine dayanamayan Ceren, hızla çitten içeri atlamış. Cancan ne yapacağını şaşırmış. Onun peşinden gitse arkadaşına bir faydası olmazmış. Dışarıdan seslense bir işe yaramazmış.

— En iyisi anneme haber vereyim, demiş.

Hemen annesine koşup olanları anlatmış.

Beraber Ceren'in annesi Maral'ın yanına gitmişler. Olanları haber vermişler. Sonra da üçü birlikte çiftliğe koşmuşlar. Ama Cancan bir süre sonra yolu şaşırmış. Nasıl gi-deceklerini hatırlayamamış.

Bu sırada ağaçta kütür kütür fındık yiyen Sincap Maviş onları görmüş.

– Bu ne telaş, diye sormuş.

Başlarından geçenleri anlattıklarında,

– Ben o çiftliğin yolunu biliyorum, demiş ve onlara yolu tarif etmiş.

Büyük bir telaş içinde çiftliğe varmışlar. Sessizce çitlerden içeri bakmışlar. Fakat Ceren ortalarda yokmuş.

Arka taraftan dolaşarak ses-
sizce çiftliğe girmişler. Hep birlikte Ceren'i aramaya başlamışlar.

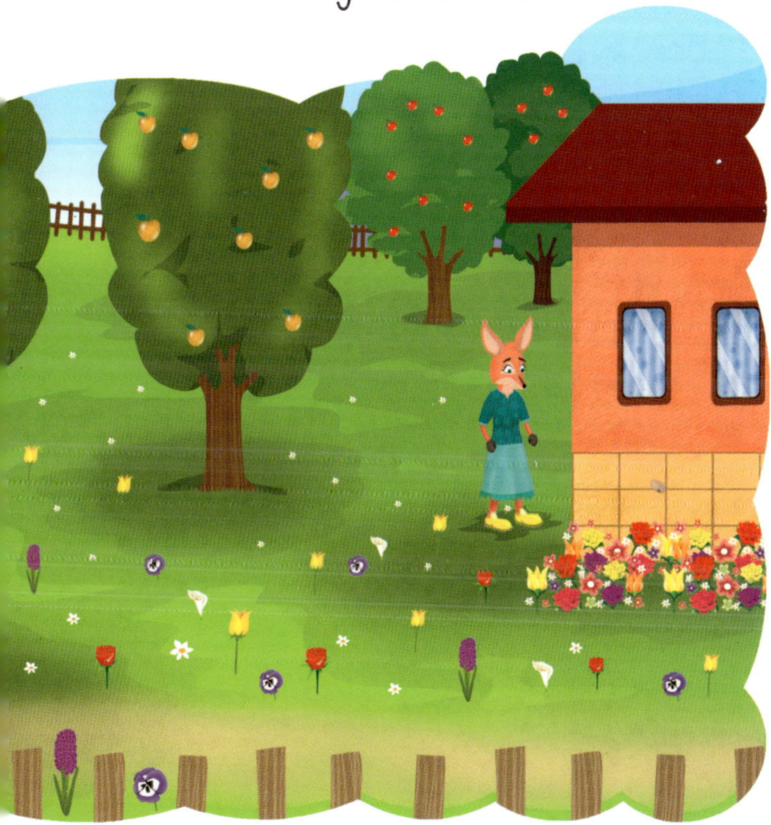

Çiftliğin sahibi bahçede dolaşıyor, çiçekleri suluyormuş. Ceren onun yanında da değilmiş. Ona görünmeden uzaklaşmışlar.

Maral ve Ahu, bahçenin her tarafına bakmışlar. Tavuklara, kedilere sormuşlar. Ne yazık ki Ceren'i gören yokmuş.

Ceren'in annesi Maral'ın yüreği küt küt atmaya başlamış. Yavrusuna bir şey olmasından endişe ediyormuş.

Tam bu sırada Cancan, çiftlikteki ahırın penceresinden Ceren'i görmüş. Ceren orada içli içli ağlıyormuş.

Ceren arkadaşını görünce hemen annesine ve Maral teyzeye haber vermiş. Hep birlikte çiftlik sahibinin içeri girmesini beklemişler.

O evine girer girmez, Cancan ahırın kapısını açmış. Ahu, ahırdaki eşekleri "Aiiii" diye bağırmadan önce susturmuş.

Maral, Ceren'i ipten kurtarmış, hemen dışarı kaçmışlar.

Şştt

Maral, yavrusuna sımsıkı sarılmış.

— Yavrucuğum, beni ne çok korkuttun bilemezsin. İyi ki böyle bir arkadaşın var, o da seninle çiftliğe girseydi nerede olduğunuzu bulamazdık. O zaman ne olurdu halimiz, demiş.

Ceren büyük bir mutlulukla Cancan'a teşekkür etmiş.

— İyi ki benim arkadaşımsın, demiş.

Ceren ve Cancan o günden sonra yıllarca arkadaşlıklarına devam etmişler. Herkes, onların sevgisine hayran olmuş.

# EĞLENELİM – ÖĞRENELİM

✶ Hangisi arkadaşlıkta doğru değildir? İşaretleyiniz.

a) Affetmek

b) Özür dilemek

c) Teşekkür etmek

d) Yardım etmek

e) Arkadaşımız yanlış yapınca onu yalnız bırakmayıp onunla birlikte yanlış yapmak.

f) Gülümsemek

g) Sözünü tutmak

h) Hediye almak

ı) Arkadaşımızın bir derdi olduğunda onun derdini dinlemek.